Nordsee oder watt?

Bibliografische Information der Deutschen Nationalbibliothek: Die Deutsche Nationalbibliothek verzeichnet diese Publikation in der Deutschen Nationalbibliografie; detaillierte bibliografische Daten sind im Internet über dnb.dnb.de abrufbar.

Herstellung und Verlag:

BoD – Books on Demand, Norderstedt.

ISBN: 9783749448210

Der Wattwurm

Wie so oft herrschte dichter Nebel. Es war so neblig, dass man noch nicht einmal die Hand vor Augen sah.

Den Sonnenaufgang konnte man anhand der Helligkeit eventuell noch gerade so erahnen, doch war die ganze Gegend in ein tiefes, bleiches Grau gehüllt.

Es war windstill und auch sonst ruhig. Einfach nur ruhig, extrem ruhig und leise. Der Nebel wollte einfach nicht weichen.

Zwischen den Zehen quoll der feine, aber nebelfeuchte Sand hervor, der sich beim langsamen Gehen über den Strand unter den Füßen ansammelte.

War man noch am Strand oder doch schon irgendwo im Watt?

Schritt für Schritt ging Hannes – ganz langsam – durch den dichten Nebel.

Von ganz weit entfernt rief eine Möwe, doch sollte ihr niemand antworten. Die anderen Möwen sind offenbar wegen des dichten Nebels am Boden geblieben, anstatt

sich   tierisch   zu verfliegen.

„Huch!", flüsterte Hannes, „…was war das denn?"

Gleich neben ihm knackte etwas, ohne dass er auch nur ansatzweise sah, was um ihn herum passierte.

Da fiel ihm das für solche Gelegenheiten bekannte Sprichwort ein: „Wie Sie sehen, sehen Sie nichts!"

Und so war's auch. Das Knacken war vorbei und es herrschte wieder Totenstille.

Watt soll's…?!, dacht sich Hannes und ging langsam, Schritt für Schritt weiter. Plötzlich war da was.

Sein Blick senkte sich nach unten auf den sandigen Boden. Watt!?!

Nichts als Watt. Direkt unter seinen Füßen waren viele „Kilo-watt". Also ganz schön schwer, so ein nasser Sand.

Doch wie kam er plötzlich mitten ins Watt? Durch den Nebel hatte er zwar nichts gesehen, doch war er der Meinung, noch viel weiter hinten am Strand zu sein.

Wenige Zentimeter vor ihm schlängelte sich ein mysteriöses Ding nach oben aus dem Sand. „Watt issn das?" wunderte sich Hannes, weil er die Verformungen am Boden wegen des dichten Nebels nicht gleich exakt erkennen konnte.

Ja, da war er! Ein kleiner Gruß vom Wattwurm.

Aber watt nun? Was sollte man daraus schließen und vor allem, welche Richtung musste Hannes wieder gehen, um zurück zum Strand zu kommen?

...Der Kringel des Wattwurmes zeigte schließlich keine genaue Richtung an.

Schließlich beschloss Hannes, einen anderen Wattwurm zu suchen, von dessen Hinterlassenschaften er sich vielleicht eine Antwort auf seine Frage nach der Richtung erhoffen konnte.

Geschafft! Denn gleich in der direkten Nachbarschaft wohnte offenbar ein anderer Wattwurm.

Er war aber wie viele seiner Artgenossen wegen des Wetters und der Ebbe beleidigt und steckte seinen Kopf in den Sand, ebenso den restlichen Körper.

Doch auch dieser Wurm konnte Hannes keinen Hinweis zur Richtung des Heimweges geben...

„Wenn doch der blöde Nebel endlich verschwinden würde!", fluchte er und ging von einem Wattwurm zum nächsten. Niemand konnte ihm die Frage nach dem sicheren Rückweg zum Festland beantworten.

So vergingen die Stunden, und der zähe, undurchdringliche Nebel lag weiterhin wie ein dichter Schleier über dem Watt.

Es war immer noch windstill, so dass es den Anschein hatte, der Nebel bleibt den ganzen Tag dort und verzieht sich einfach nicht.

Irgendwo in der Nähe war ein dumpfes Motorengeräusch zu vernehmen... Doch woher kam es?

Aus welcher Richtung? Und von wo nach wo schien es sich zu bewegen?

Das Brummen des Dieselmotors wurde lauter und lauter. „Irgendwo muss es doch herkommen...!?!", dachte Hannes und suchte im dichten Nebel vergeblich nach Spuren von Umrissen, die ihm auch nur ansatzweise eine Möglichkeit zum Erkennen eines Fahrzeuges geben konnte.

„Moment mal... Ein Fahrzeug?", fragte sich Hannes? „Das kann doch nicht sein!" In diesem Augenblick sah er eine große, dunkle Fläche im Nebel auftauchen.

„Das kann unmöglich ein Fahrzeug sein!",
dachte er sich und versuchte, weitere Umrisse
des großen Schattens zu erkennen.

Der Horizont verdunkelte sich zusehends,
der Nebel wurde quasi dunkler. „Was ist das
denn nur...?", fluchte Hannes.

„Oh oh... Das kann nicht wahr sein!",
dachte er und traute seinen Augen kaum.

Im Laufe der letzten Stunden hat sich
Hannes wegen des dichten Nebels und der
schlechten Sicht derart im Watt verirrt, dass
er nun weit in Richtung offenes Meer
gelaufen war und es nur noch wenige Meter
bis zur Fahrrinne sind. Und in der fahren die
großen Containerschiffe entlang, die
mitunter knapp 400 Meter groß und gewaltig
sind.

Und nun sowas....

Eine große, dunkle Hauswand schien ihm entgegenzukommen.

Nein, keine Hauswand... Ein ganzes Hochhaus, ein Häuserkomplex. Eine Kleinstadt...

Nur wenige Meter trennten Hannes'
Fußweg von der Fahrrinne, und unmittelbar
vor ihm tauchte nun also dieses riesige Schiff
auf.

Es schob eine große Welle vor sich her, so
dass Hannes die Beine in die Hand nehmen
musste, um nicht weggespült zu werden.

Laufen, irgendwie laufen, hieß es nun,
und das so schnell es geht. Denn die
Bugwelle eines derart großen Schiffes ist
nicht ganz harmlos, auch wenn der
Containerriese in diesem Bereich noch längst
nicht seine übliche Reisegeschwindigkeit
fährt.

Hannes galoppierte nun wie ein wild
gewordenes Pferd übers Watt und kam dabei
sehr oft den Wattbewohnern gefährlich
nahe…

So manch ein Wattwurm vergrub sich tiefer ins Watt, um durch die festen, stampfenden Schritte nicht breiter und flacher zu werden. Die Wattbewohner spüren schließlich jede kleine Erschütterung.

Und wenn sich dann so ein ausgewachsener Mensch mit flinken Schritten nähert, bekommt man ein Wattwurm eventuell Kopfschmerzen.

Im Normalfall ist auch weit und breit keine Wattwurm-Apotheke im Watt verfügbar, so dass die armen Wattwürmer auf sich allein gestellt sind und in so einem Fall keine Möglichkeit haben, entsprechende Kopfschmerzmittel zu besorgen.

Die Bugwelle des Containerriesen kam immer näher und krabbelte nach und nach mit großer Geschwindigkeit aus der Fahrrinne auch übers Watt.

Den Wattwürmern war es egal, sie sind mit diesem Phänomen ja längst vertraut und damit aufgewachsen.

Doch Hannes bekam langsam panische Angst, weil er im dichten Nebel absolut nichts sah und planlos durch die Gegend lief. Eine Himmelsrichtung oder einen rettenden Uferabschnitt konnte er noch längst nicht erahnen und hörte weiterhin das dumpfe Brummen des großen, sehr großen Schiffdiesels, das immer näher an ihn herankam.

Inzwischen machte ihm auch die Flut zu schaffen, denn das Wasser kam nun von allen Seiten auf ihn zu. Das Watt versank quasi in Nullkommanichts, und jegliche Navigation war für Hannes jetzt enorm schwierig geworden.

Nach einer gefühlten Ewigkeit des planlosen Umherirrens fiel Hannes plötzlich bis zum Hals in einen Priel, aus dem er sich nur schwer aus eigener Kraft selbst befreien konnte.

Alle Rufe und Schreie halfen nichts, man hörte ihn nicht...

Allmählich schien Hannes fast vollständig erschöpft und verwirrt und erinnerte sich in den scheinbar letzten Minuten seines noch nicht allzu langen Lebens an die mahnenden Worte eines alten Wattführers.

Wanderungen im und durchs Watt waren ihm zwar gut bekannt, doch machte ihm heute der Nebel einen Strich durch die Rechnung.

Anstatt sich gleich zurück ans rettende Ufer zu begeben, knüpfte Hannes viele neue

Bekanntschaften, wie beispielsweise die mit den Wattwürmern, Muscheln und anderen Wattbewohnern. Außerdem hörte er Möwen rufen, er sah sie aber nicht.

Sein Mobiltelefon wurde beim Sturz in den Priel zu seinem Leidwesen unbenutzbar, so dass er auf diesem Weg keine Hilfe anfordern konnte. Also musste sich Hannes wohl oder übel zusammenreißen und sich einen Weg suchen, der ihn schnellst möglich aus dem Gefahrenbereich bringt.

Nach einer ganzen Weile näherte sich von ganz weit weg ein leises Brummen...

Der Containerdampfer war zum Glück irgendwie weitergefahren und störte nicht mehr. Aber es gab ein neues Motorengeräusch, das Hannes nur ganz schwach den Tiefen des Nebels entnehmen konnte.

Völlig erschöpft und bis auf die Haut von Salzwasser durchnässt stapfte er weiter durch das auflaufende Wasser und hörte, wie das Motorengeräusch immer näher zu ihm herangefahren kam.

Es war ein Rettungsboot der Wasserwacht. Hannes wurde nämlich von Bekannten an Land als vermisst gemeldet.

Überglücklich und der Ohnmacht nahe, hievte man Hannes ins Boot.

Am nächsten Morgen dann das große Rätsel...

Hat Hannes alles nur geträumt, oder war es wirklich so?

Die Antwort weiß ganz bestimmt nur der Wattwurm.